ジェンタ

JENTA

火ノ川　蓮

Hinokawa Len

文芸社

ジェンタ

僕は現在、母とアパートに二人で暮らしています。母は家からすぐ近くの粥麺屋《かゆめんや》にパートで働いています。父は僕が生まれた時にはもう亡くなっていました。母は朝七時から晩八時まで、僕の学費を稼ぐために――。

「阿明《アメン》、何してるの？　遅刻するわよ！」

謝淑怡《チェソッイー》のカン高い声が部屋中に響いた。名前の前に付く「阿《ア》」とは日本語でいえば、「ちゃん」とか「くん」の意味だ。元明《ユンメン》はあわてて、原稿用紙を鞄の中へ放り込んだ。今日までに提出しなければならない宿題の作文だった。元明はまだ冒頭の部分を書き始めたところだった。溜息をつきつつ、自分の部屋からリビングに出て来た。

「ママ、朝御飯はいらない、行ってきます」

淑怡は今日昼から勤務なので、朝食を作っていた。たまにしか味わえない母の料理は元明にとってもとても楽しみなものだが、とても食べている時間などなさそうだった。アパートの外に出ると強い陽射し、路面電車の横切る騒音と信号のカタカタという音が混ざりあって、湿気を含んで柔らかくなったTシャツが一層不快に感じられた。元明はそれでも気にせず走らねばならなかった。すごい勢いで人波をかきわけ近道の路地裏を抜けた。再び大通りに戻ろうとした時、ひとりの背の高い男とぶつかった。

「ソーリー!」

謝ってそのまま行こうとした元明の腕をその男が掴んだ。

「何ですか?　すいません、急いでるんで」

弁明しながら男の顔を見ると、口から血が流れていた。

「わあ、大丈夫ですか?　ぼっ僕のせい?」

男は黙って袖で口を拭い、元明の顔を見て唇の端を歪ませて笑った。短く切った髪をきれいに立ててその内の二、三本の毛が垂れて額にかかり目は爛々と輝いて魔女のような鼻の下に薄い唇があった。気味が悪くなって元明は逃げるようにしてそこから走り去った。

元明《ユンメン》のGFの黄家敏《ウォンガーマン》は、同じ中学校の同級生だ。彼女は学校以外のほとんどの時間をアルバイトに費やしていた。本当はアルバイトは禁止なのだが、彼女の家は父親が病気で働いていないので、母親と家敏とその兄弟達で足りない生活費を稼いでいた。だから、元明とのデートもその合間をぬった一、二時間だけということが多かった。

今日は元明の家に家敏が遊びに来ていた。

「阿明、私もう帰らなきゃ。もうすぐアルバイトの時間なの」

「え？　阿敏《アマン》、確か朝はファースト・フード店で働いてたよな」

「晩は路上本屋よ」

「よく働くなあ……」

元明は家敏の顔を見た。取り立てて美人というわけではないが、笑うとえくぼが出来て愛嬌があった。少し尖り気味の小さな顎も前向きな家敏の良い性格を表しているように見えた。

肩までのストレートヘアが笑顔と共に揺れた。家敏の笑顔の向こうから、何か気配が感じられたので、窓のところまで行って外を見た。別段変わりなく、いつものように平凡に向かいの住宅の洗濯物が風にたなびいているだけだった。

「どうしたの？」

「いや、何か見られているような気がしただけだよ」

元明は言いながら、カーテンを素早く引き閉めた。今朝出会った気味の悪い男を思い出して、すぐ振り払おうとした。

「ふーん、じゃ、行くね」

家敏は勢いよく、走って行った。

淑怡の帰りが遅いので、元明は彼女が働いている店で肉粥と青菜の炒め物をもらってきて家で一人で食べていた。外はもう日が暮れてイルミネーションが輝き始めていた。

壊れかけのクーラーの音がうるさいので、いつも、テレビを見るときは暑くても我慢する。十分もすると汗が額から首筋へ伝った。大して興味をひく番組もやってないので、テレビを切りクーラーを入れた。すぐにぶおんぶおんという音がして、冷気がゆっくりと入ってきた。キッチンの窓から向かいの住宅を何気なしに見た。晩になると電気のせいで、部屋の中までもがよく見える。家族で楽しそうに食事をする姿や恋人同士がソファで寄り添っているのが目に入った。

――こっちからこれだけ見えるんだから、うちだって向こうからよく見えるんだろうな……。

元明はハッとして自分の部屋へ行ってカーテンを開けてみた。あちこちに目をやると、ちょうど真正面になる部屋が真っ暗だった。何故かひきつけられた。異様な気配を感じる。目を凝らしてよく見ると暗い中にも人影があるのが分かった。なんとなくこちらを見てるように思えて気味悪く、すぐカーテンを閉めた。

香港は活気と熱気と混沌で、出来ている街である。

元明《ユンメン》は生まれた時からここで育っているのであまり気にしたことがないが、ひとつの渦のようなものがここにはあった。強い者は渦の上で踊っていられるが、弱い者はたちまち呑まれてしまう。だからか、ここに住む人間は眼がやたらと輝いている。一寸の隙もなく、一瞥しただけで突き刺さる光だ。

学校の帰りに、元明はCDショップへ寄った。入ったすぐの所に新譜が並んでいた。一番流行っている男性歌手のポップスが頭の上から大音量で覆いかぶさってくる。元明はお目当てのアルバムを探した。

「探しているのは、これかな？」

CDを一枚掴んで、誰かが笑って目の前に差し出した。一瞬、辺りが急に静まり返った……そんな気がしただけかもしれない。元明は息をのんだ。あの男。見間違うはずもない、特徴ある顔。この前ぶつかって、口から血を流した男。確認と同時に元明は走り出していた。心臓が不自然に跳ねて口から飛び出しそうだった。どうして、あの男が、あんな所に——？　元明は考えがまとまらないまま、訳の分からない恐怖が背中を駆け上がってくるのを感じた。

——ぶつかったことで、何か根に持ってるんだろうか？　でも僕があの時間、CDショップへ行くなんてどうやって分かる？

思い直して、元明はそのまま家へ帰った。普段全然気にしていなかったことがこの日を境に気にするようになった。例えば、部屋にいる時はカーテンをきっちり閉めるとか、外だと周りをよく見るという簡単なことだ。向かいの住宅の真正面の部屋にはもしかするとあの男が住んでいるのかもしれない、そう考えると不安になった。しかし確認する勇気もなくなっていた。

「どうしたの？　阿明、あなた最近おかしいわよ」

淑怡《ソッイー》は、不自然な態度に気づいていた。元明はつとめて、大丈夫だよと言った。母に余計な心配をかけたくなかったのだ。

元明が朝学校へ行く時、あの男が必ず二メートル先を歩いていた。その間隔は奇妙なほど正確だった。気づいたのは最近だが、もしかするとずっと前からかもしれない。元明は追い着かないように用心して歩みを緩めるが、例の男はいつも目の届く距離にいる。家を出る時間帯を変えようとも思ったが、後ろからついて来られることを考えると恐ろしくて出来なかった。

——偶然に偶然が重なっただけだ。何かされたわけじゃあるまいし。

元明は自分に言い聞かせるように心の中で呟いた。

淑怡の仕事が夕方の五時に終わると電話があったので、元明は待っていた。最初、外で夕食を食べようという話だったのが、珍しく淑怡が腕をふるうことになった。何でも元気が湧いてくる特製料理らしい。クーラーの騒音を聞きながら、冷蔵庫からペットボトルのミネラルウォーターを取り出して、ラッパ飲みをした。淑怡が見たら怒っているだろう。グラスに注ぎなさい、みっともない。声が聞こえてくるようだ。冷たい水が身体にゆっくりと染みていく。リビングのソファに腰掛けて、もう一口飲んだ。

七時を回っても帰って来ないので、電話をしようと立ち上がった。瞬間あの男がふいに頭に浮かんだ。ぞっとした。いやな予感があった。あわてて振り払い、受話器を取ったら、玄関のベルの音楽が鳴った。電池が切れかけてるのか、「エリーゼのために」が音をはずしながら、ゆっくりと流れた。

「ママ、遅かったじゃないか。いま、お店の方に電話しようとしてたんだよ」

ドアを開けると、鉄格子の向こうに例の男が立っていた。香港の家のドアは大抵このように二重扉になっている。防犯のためだ。元明は危うく腰を抜かしそうになった。男の目は空ろで、口元は笑っていた。左手からは血が滴っていた。思わず悲鳴を上げた。

「何大きな声出しているの。早く開けてちょうだい」

聞き慣れた淑怡の声がして、男の後ろから顔が見えた。元明は仕方なく鉄扉の鍵を開けた。

「さ、入って」

淑怡が促すと、ゆっくり入って来た。

「この人にね、さっき変な人に絡まれてるところを助けてもらったのよ。その時に手をケガしちゃって……消毒液なかったかしら」

言いながら薬箱の中を探し始めた。元明は信じられないといった面持ちでもう一度男の顔を見た。男は、伏し目がちに下を向いていた。随分印象が違うなと思いつつ、元明はソファに座るように言った。濡れたタオルを用意して、男に渡した。大人しく、左手の血を拭っていた。

「あったわ」

消毒液の瓶と包帯を持ってやってきた。

「僕がやるよ」

母を男に近づけるのはいやだった。

――これも偶然だっていうのか？

元明は苛立たし気に、左手を出すように言った。おずおずと男は手を出した。

どうやら人差し指と親指の間を切ったらしい。

「君、女の子みたいな顔してるねえ」

ふいに男が話しかけてきたので驚いた。語尾の「ねえ」が、ねちっこく元明の耳に絡みついた。何も答えず、消毒して手早く包帯を巻いた。

「いくつ？」

「兄弟は？」

「何が好き？」

元明は不快感で総毛立っていた。何の目的で根掘り葉掘り聞くのか分からなかった。

「この間はどうも」

男は言ってから今度は元明の手を、手当してしてもらっている左手で握ってきた。元明が顔を上げると、うっすらと笑みを浮かべている。もう黙ってはいられなかった。

「……あんた、何者なんだっ！」

男は元明の顔を見つめた。

「ぶつかってきたよね、君。すごく急いでるみたいだった」

「そのことを根に持ってやってきたのか」

「まさか」

「じゃあ何だ、何故僕の周りをちょろちょろするんだ！」

「……君のお母さんって美人だよね」

「ママに手を出したらぶっ殺してやる！」

元明が男の手を払うと、まだ巻き終わってない包帯が下に落ち、端からくるくると転がった。

「まあ、なんてこと言うの！」

淑怡が皿を持ってキッチンから現れた。いつのまにか夕飯の準備が出来たようだ。

「すみません。私があなたのことばかり聞き出すんで息子さんも面白くないんでしょう」

男は落ちた包帯を拾って自分でゆっくりと巻きながら続けて言った。

「あなたがあまりに魅力的なんで、つい出過ぎたまねをしたかもしれませんね。……絡まれたのがあなたでなかったら、私は助けたかどうか分からない」

淑怡は黙っていたが満更ではない様子だった。元明は腹が立って男に突っ掛かった。男のYシャツの襟元を掴み上げ、睨みつけた。

「おやめなさい、阿明！　私はその人に助けてもらったのよ」

元明は渋々手を放した。

「いいんですよ。私は相当彼に嫌われたようだ」

「そんな……」

男は包帯を巻き終わると、立ち上がった。

「それじゃ、そろそろ帰ります」

夕飯を食べるように淑怡は勧めたが彼は首を振った。名残惜しそうに言葉を繋いだ。

「今日はどうもありがとうございました。よければ名前を教えてもらえませんか？」

「ジェンタといいます」

——ジェンタ……変な名前。

元明はその英語なのか中国語なのか分からない名前を心の中で反芻した。結局淑怡に頭を小突かれて、名前と簡単なお礼を言った。

ジェンタが帰ってから二人は遅い夕食をとった。野菜たっぷりのスープと豚肉と胡瓜の甘酢炒めと石斑魚《セッパンユ》の姿蒸しがテーブルの上に所狭しと並んだ。魚の上にたくさん乗せられている香菜の香りが食欲を刺激する。元明はとりあえずスープに手を伸ばし、一口飲んで想像以上に熱いので舌を火傷してしまった。あわててグラスの水を飲んだ。痛さを忘れようと無理して口を開いた。

「ママ、あのジェンタって男、どう思う？」

「どうって？」

「気味が悪くない？　話すこともおかしなことばっかりだし、顔だって」

「顔は関係ないでしょ」

ぴしゃりと淑怡は言い退けた。

「とにかく変なんだよあいつ、僕の……」

言いかけて口をつぐんだ。今までの偶然とは思えない経緯を口に出すことによって、ジェンタの行動がこの先にも続きそうな気がしたからだ。

「何でもない」

その後、ジェンタとは関係のない学校の話をした。食事が終わって部屋に戻ると、元明はカーテンを開けて真正面の部屋を見た。やはり電気がついていない。ざらついた痛みが思い出したように舌を這った。

学校の休み時間に、元明《ユンメン》は家敏《ガーマン》を呼びに隣の教室まで行った。周りから口笛を吹かれたり囃立てられたりしたが気にせず強引に連れ出した。

「話って何なの？」

「大したことじゃないんだけどさ、知らない人から関心を持たれるってあると思う？」

家敏は訳が分からないといった様子で、黙って元明の顔を見つめていた。元明も自分が言い出しておきながらこんな事を聞いて、どうするつもりかと内心考えた。廊下ではしゃいで通り過ぎる級友達が随分遠い存在に思えた。

「芸能人だったら、多くの知らない人から関心を持たれるんじゃない？」

「それ以外だったら？」

「……一目惚れとか」

元明は溜息をついた。そして頭を抱え込むようにして、手短かにジェンタの話をした。

「偶然にしては気味悪い話ね」

「何が目的だろう？　想像つく？」

「うーん、阿明の顔が女の子みたいだから惚れたのかな」

家敏が笑った。冗談のつもりだろうが、元明は笑えなかった。そこで授業開始のベルが鳴って二人は話を中断した。

帰宅してから元明は、母の鏡台を覗き込んだ。そこには見慣れた顔が映っている。どの辺りが女の子みたいだろうと、横を向いたり顎を引いてみたり、唇を突き出したりした。自分では今ひとつ分からなかった。前髪は長かったが後ろは短く刈り込んであるし、上がり気味のくっきりとした眉と目も女の子のそれとは随分違う感じがした。

電話が鳴った。受話器を取ると、最初に押し殺したような笑い声が聞こえ、ゆったりとした口調で話し出した。ジェンタだった。

「何でここの電話番号知ってるんだ」

怒りで震えながら聞いた。

「俺は君のことなら何だって知ってるよ」

それに反して楽しそうに答えるジェンタ。

「あんた何が目的なんだ」

「お母さんは元気？」

話が全然かみ合わない。ジェンタの話は一方的で、相手の話を聞こうとしなかった。

「ママがどうだろうと、あんたには関係ないだろ！」

元明は電話の傍に置いてあったメモ用紙にボールペンで×印を何度も書いた。上の紙が破れて、下の紙が見えてもなぞり続けた。

「電話しながら何を書いているの？」

一瞬、元明の動きが止まった。思わず辺りを見回した。電話を切って、リビング、キッチン、淑怡《ソッイー》の部屋、自分の部屋もくまなく見た。もう一度電話があるリビングに戻って来て、窓に目をやった。いつものように向かいの住宅が見える。窓を開けると外の喧騒が、生ぬるい風と共に部屋の中にまで入ってきた。ここは十五階だが、路面電車やバスの行き交う音や、いつ終わるとも言えない工事の音がよく響く。色んな音が道路に迫り出している看板に跳ね返っているみたいに、あちこちから聞こえた。向かいの住宅をよく見ると、手を振っている人がいた。さらに目を凝らすと、そこは元明の部屋のちょうど真正面にあたる部屋だった。再び電話が鳴った。元明は耳を塞いでしゃがんだ。しつこく電話は鳴り続けたが出るつもりはさらさらなかった。ジェンタが向かいの住宅のいつも気にしていたあの部屋に住んでいた。

臭豆腐《チャウタウフー》の屋台がどこからか近づいて来る。姿は見えないが、この臭いの凄まじさといったらない。臭豆腐を好きな人以外は耐えかねる。物が腐っているというか、古い油というか、どう表現していいか分からない。元明はあまりの強烈さに思考がストップした。さっきからジェンタについて考えていたが、瞬間真っ白になって解放された。子供の頃、親戚の叔父さんから無理矢理勧められて食べたことを思い出した。口の中にまで臭いが充満して、たまらなかった。その時はいやだったが今考えると可笑しかった。

元明の歩いている左側の道路に何台も連なる赤いボディのタクシーが、渋滞に苛立ってクラクションを鳴らした。

——あの部屋からあいつはずっと見てたんだ……。

どこにも持って行きようのない不安が足元から這い上がってくる。全て計算された出来事だったのか。あのぶつかったことさえも？　どこまで考えても答えは出るはずもなかった。

特に用事があるわけでもなく、気が向いた時に店に入って服を見たり、靴を見たり、電気製品に触ったりした。元明《ユンメン》はジェンタの行動が何を意味するのか、もう一度考えた。気がつくと、たくさんの看板に電灯が点き始めていた。家敏《ガーマン》の言っていたことが気になる。

——どうしよう、あいつが変態のホモだったりしたら。

逃げれば逃げるほど追って来るだろう。もう怯えて暮らすのは真っ平だ。段々と日が落ちて、昼間とは違う街の顔になる。ぼやけていた輪郭がくっきりと鮮やかに煌めく。

元明は、自分の周りを覆っていた霧がさっと退いていくのを感じた。迷いはなかった。目的のない歩みを止め、家に向かって走り出していた。ジェンタの家である。


呼び鈴を押すと、ビーッという古めいた音が廊下に響き渡った。誰もいないのか、辺りは気味が悪いくらい静まり返っている。もう一度押す。反応がない。わざとらしく咳払いをしてみた。今度は長めに押してみる。いないのか。諦めて帰ろうとした時、ゆっくりとドアが開いた。黒いシャツに黒のジーンズのジェンタがそこにいた。さすがにここに来るとは予想出来なかったのか、大きい目をさらに大きくしていた。

「遊びに来たんだ。入れてよ」

我ながら大胆だなと思いつつ、まだ二人の前を塞いでいる鉄扉を軽く叩いた。鉄格子の向こうに見えるジェンタは、いつものような異様なムードは感じられなかった。恐いとも思わなかった。万が一のために、ここへ来る途中で護身用にナイフを購入していた。しかし必要はなさそうだった。ジェンタが、鉄扉をすごい音をたてて開き、元明《ユンメン》が家の中に入ると、同じようにして閉めた。電気は点いているのに、薄暗い感じがする。何故だろう。通された部屋は家具らしい家具もなく、木のテーブルと椅子だけだった。元明はその椅子に座った。ジェンタが何もないんだと言って、オレンジジュースを入れたグラスをテーブルの上に置いた。自分の前には青いボトルと空のグラス。元明はオレンジジュースに口もつけずに、ジェンタがボトルから褐色の液体を注ぐ様子にみとれていた。

「それ、お酒？」

「君はまだ飲めないだろう、十六だから」

元明はびっくりした。本当に何だって知っているんだ。

「あなたは何歳なんですか？」

「三十六」

淑怡と同じ年だった。しかしジェンタの方がもう少し若く見えた。

「家族は？」

ジェンタは急に笑い出した。

「どうしたの、君。私に興味湧いたかな」

まだ飲んでいないのに、ジェンタは紅い顔をしていた。目まで潤ませている。

変だなと元明が思っていると、ジェンタは咳込んだ。

「……ごめん、ちょっと風邪ひいててね」

グラスの中の酒を一気に飲み干すとジェンタは目を閉じて左手で頭を支えた。

この間の傷の跡がまだ残っていた。黒いシャツから覗いている首が鎖骨の辺りまで紅く染まり、熱があるようだった。

「つらそうだね。寝た方がいいんじゃないの?」

「ああ、大丈夫……」

そう言ったものの、ジェンタは動かなかった。時計を見ると、八時だった。

「僕、帰るよ。ママもそろそろ帰って来る頃だし」

「……君ってお母さん似だよね」

「だから何だよ?」

元明は思わず声を荒げていた。ジェンタはまた笑い出していた。

「君はお母さんのことになると、むきになるよな」

「とにかく、帰るよ!」

ジェンタは立ち上がり、送ろうとした。しかしその場にしゃがみこんだ。

「大丈夫?」

元明が駆け寄ると、いきなりジェンタの胸元へ引き寄せられた。肌は熱く、木々の生い茂る森と刺激的な香辛料の香りがした。このミスマッチな組合せの中で不思議と安らぎを感じた。

「帰るな」

まさに有無を言わさぬ命令形だ。元明は黙って手を振りほどいた。

「ベッドはどこ？」

ジェンタはゆっくりと立ち上がり、元明もその後に続いた。ベッドルームに入ると、真暗だった。窓から外の明かりが見えた。元明は窓の傍に行って窓を開けた。自分の住んでいるアパートが見える。部屋に電気は点いていない。まだ、淑《ソッ》怡《イー》も帰っていないようだ。部屋の中が明るくなった。ジェンタがスイッチを入れたからだ。ベッド、サイドテーブルそれにクローゼットがあるだけのシンプルなインテリアだった。青いベッドカバーと布団がめくれ上がって、その上に水色のパジャマが脱ぎ捨ててあった。元明が来る直前までここに寝ていたのかもしれない。ジェンタはシャツを脱ぎ、パジャマに着替えた。

「ねえ、一人で住んでるの？」

「そう」

そっけなく答えるとジェンタはベッドにもぐり込んだ。元明がジェンタの額に手を当てると、さっきより熱くなっているような気がした。

「とにかく寝てて」

タオルの場所を聞いてから、それを三枚水で濡らして固く絞り、二つは冷凍庫に放りこんで、一つをジェンタの額の上に載せた。

「冷凍庫に同じタオルのヤツが二つ入ってるから。熱くなったら取り替えるといいよ」

ジェンタは笑った。笑いながら、顔が紅いせいか泣いているようにも見えた。

「僕、帰るから。また明日来るよ」

自分でも思っていなかった言葉が口から飛び出したので、驚いた。本当は何だか病気なのに一人置いていくのは可哀想な気がした。

「ありがとう」

ジェンタはそう言うと、すぐ目を閉じた。元明は寝たのを確認すると、帰途に着いた。

エレベーターで淑怡と一緒になった。遅かったのねと言われて、友達の家に行っていたと嘘をついた。心配だからあまり遅くまで遊ばないでねと、家に入る前にも念を押されてしまった。


次の日、学校が終わるとすぐにジェンタの家へ向かおうとした。家敏《ガーマン》が後ろから追っかけて来た。

「今日はえらく急いでるのね。何か用事でもあるの?」

「うん、ちょっとね」

「ねえ、例の男はどうなった?」

元明《ユンメン》は走るのを止めて、歩き出した。家敏もそれに並んだ。

「まだ分かんないけど、もうちょっと様子見てみるよ」

大きい中国百貨店の角を出た所で、家敏は、

「じゃあ、私こっちだから。気をつけてね」

と言って右に曲がった。女の子に心配させるなんて情けないと思いながら、元明は再び走り出した。

ジェンタの家に着いて呼び鈴を押すと、今度はすぐにドアが開いた。昨日よりいくらか顔色がいいみたいだった。

「熱は下がった?」

ジェンタはパジャマのままで髪もセットしてないので、いつもより幼く見えた。

「君のおかげ、だよ」

声が掠れて出しにくそうだった。えへん、と何度も喉を鳴らして、声を整えよ

うとしていた。

「やめなよ。そうやると余計、喉を痛めるって言うよ。それより何か食べた?」

「水だけ」

「食欲ないの?」

ジェンタは首を振った。

元明はキッチンに入って冷蔵庫を開けた。水とオレンジジュース、ビールの缶が三本。食材は何も入っていない。

「何か買ってくるよ」

ジェンタは財布から紙幣をつまんで元明に渡した。元明は、すぐ戻ると言って足早に買いものに出かけた。二十分ぐらいして、両手に袋をさげて帰って来た。袋から粥と野菜のスープを取り出すと、ジェンタに食べるように言った。もうひとつの袋から果物や野菜や玉子等を冷蔵庫に入れた。食パンも、かびが生えるといけないので入れておいた。振り返ると隣の部屋のテーブルで大人しく、ジェンタはレンゲで粥を口に運んでいた。元明が向かいに座った。おいしい？　と聞くと頷いた。

「ママが働いてる店で買ってきたんだよ」

得意そうに言うと、ジェンタは視線を落として、また一口食べた。

「どこの店？」

「駱克道《ロックハートロード》にある、赤い看板の……」

言いかけて、あわてて口をつぐんだ。ジェンタは下を向いてこっそりと笑った。元明は仕掛けた罠に自ら掛かった気持ちになった。

「ああ、あのポルトガル料理屋の隣？」

ジェンタが確認を取るように聞いてきた。元明は頭に血がのぼって、思わず立ち上がった。

「いいか、ママには絶対つきまとうなよ！」

指をさして念を押した。一瞬きょとんとしたが、ジェンタは目の前に出された人差し指を当然の如く、くわえた。元明は突然の出来事に硬直してしまった。指の付け根まで口に含むとゆっくりと吸った。ジェンタは時々こちらを挑発するかのように視線を絡ませた。元明はどうしてよいか分からず、妙な気分になった。しばらくして指から口を放してジェンタが言った。

「君、マザコンなんじゃないの？」

元明はそれには答えず、ジェンタの家を飛び出していた。何も考えられないように全速力で走った。何が恥ずかしいのか分からなかった。マザコンと言われたことなのか指を舐められたことなのか。ジェンタのまなざしがいつまでも頭から離れなかった。

一件以来、元明《ユンメン》はジェンタの家には行かなくなった。ジェンタに出会う前の穏やかな日々を送っていた。風邪は治っただろうか。今は何をしているんだろう。周りを見ても、ジェンタの姿はなかった。向かいの住宅の部屋はいつも真暗だった。電話もかかってこなかった。これで元通り。何も心配することはない。

家敏《ガーマン》が珍しくアルバイトの休みをもらったので、一緒に橋咀洲《キウチョイチャウ》という島まで海水浴に行くことになった。西貢《サイクン》から小船で二十分ほどの所にある。この船は屋根はあるが、両サイドに木の長椅子があるだけで、簡素な作りである。救命道具もいつ備え付けたか分からない、埃をかぶって薄汚れた浮き輪で役に立ちそうもない代物だった。それでも船頭は我が道を行くといった風情で、乱暴に船を走らせていた。風を顔に受けながら、同じ様に髪を横になびかせている家敏の顔を見た。手でどうにもならない髪を何度も押さえ直して、笑っていた。島に辿り着いた時には二人共、ヘアースタイルが変わっていた。太陽の強い陽射しが容赦なく肌を貫く。街より大分暑く感じた。さっそく二人は水着に着替えて海に向かって駆け出した。週末なので人も多く、泳いだりビーチバレーをしたり日光浴をしたり、皆それぞれ楽しんでいる。木にくくられた犬はだらんと横になって退屈そうだったが、子供達が近づくと急にシャンとして一声鳴いた。

足の裏が熱くて、あっという間に海に飛び込んだ。今度は急激に冷やされる。家敏は思わず悲鳴を上げた。二人で水を掛け合い、並んで泳いだ。泳ぐのに飽きると、仰向けに浮いて漂った。目を閉じると全身の力が抜けていい気分だった。さんざん遊んだ後、一息つくために、近くの青と白のパラソルが続くテラスで簡単な食事を取ることにした。風が出てきたのか、パラソルがバタバタと音を立てている。二人は空いている席に座るとすぐ注文した。

「たまには思いっきり遊ぶのもいいわね」

家敏は両手を挙げて思いきり伸びをした。すぐに飲み物が運ばれて来た。ストローが差してあるコーラの瓶が二本。ウェイターが置くのが早いか、家敏が手に取るのが早いか、もうストローに口を付け、飲み始めていた。元明は黙って、家敏の無邪気な様子を微笑ましく見ていた。家敏は気づいて居心地が悪そうに、口火を切った。

「そうだ、例の男はまだしつこいの?」

忘れていたことを掘り起こされて元明は家敏の目が見られなくなった。全てを見透かされる気がした。

「ああ、あの男ね、いつのまにか消えちゃったよ」

すでにその話には興味がないという感じに大袈裟に肩をすくめて、欠伸もした。家敏はしばらく元明の顔を見ていたが、納得し、頷いた。

「よかったね」

元明は何故か釈然としない思いが喉につかえていた。サンドイッチと撈麺《ロウミン》がテーブルに置かれても気持ちがそこになかった。肉と野菜の具と茹でられた麺をよく混ぜて口に運んだ。どうしようもない味噌ダレの甘さが広がって、腹はすいているのに箸が進まなかった。


外は凄い雨だった。窓ガラスが雨に叩きつけられて震えていた。台風が来るかもしれない。テレビのニュースでは何も言っていなかったが、風も強い。元明は時計を見た。午後六時十二分。淑怡《ソッイー》はまだ仕事だった。それでなくても最近は店が忙しいのか、帰って来るのは十時過ぎだ。自分の部屋の窓からジェンタの部屋を見ると、明るかった。もっとよく見ようと、開けてみる。雨と風が一緒くたになって元明に降りかかってきた。あわてて閉めて窓越しにもう一度見る。どんどん増える水滴が邪魔してよく見えない。部屋が明るいのだけは何となく分かる。雨で濡れてしまったTシャツを脱ごうとして窓の外が気になった。黒い影が、あの部屋で揺らぐのが見えた。ジェンタがいる。心臓が早鐘を打った。元明は窓の方を見ないようにして、Tシャツを脱いだ。ベルトもはずし、Gパンも脱いで、トランクス一枚になった。普通を装ってそのまま部屋から出た。急いでバスルームまで行きドアを閉めて、中に入るとその場にへたり込んだ。極度の緊張で頭が心臓の如く脈打った。首からぶら下げているシルバーのペンダントを握って、心を落ち着かせた。

元明は自分でも信じられなかった。ジェンタが部屋にいることが分かって、すごくほっとしている。あの吸い込まれそうなまなざしや熱帯ジャングルのような神秘的な香りがすぐ傍にあるように感じられた。気持ちが落ち着いてから熱めのシャワーを浴びた。コックをいっぱいに捻ると、外の豪雨をそのまま浴びている気分になった。

シャワーを浴び終わってから電話が鳴るだろうと思って、しばらく電話のあるリビングのソファで寛いでいた。クーラーの騒音を耳にしながらパジャマがわりのトレーナーの袖でまだ少し濡れている髪を拭いた。喉が渇いたので冷蔵庫を覗くと、飲み物は紙パックのレモンティーしかない。仕方なく、グラスに注いで一気に飲んだ。口の中にむせ返るほどの甘さと薬のような苦みが広がった。淑怡は何故かこれが好きで、切らしたことがなかった。元明は渇きが癒えるどころか、余計に不快を感じた。もう一度グラスに注ぐ。これに氷を入れればましになるか。冷凍庫から氷を取り出して二個グラスに落とす。小気味いい音がして氷が下がった。グラスを自分の目の高さまで持ち上げて、見た。ジェンタの飲んでいた褐色のアルコールと重なって、綺麗に見えた。今ジェンタは何をしているだろうか。もしかしたらこれを飲んでいるかもしれない。元明はそっと口を付けた。グラスの縁が冷たく触れる。ゆっくりと口に含むと、心持ち和らいだ甘さが喉に流れていった。

電話が鳴った。元明は半ば走り込む感じで受話器を取った。

「阿明？　ごめんなさいね、遅くなって。後三十分くらいしたら帰るから」

淑怡だった。元明は返事もそこそこに電話を切ってから、少しの間その場に立ち尽くした。窓に近づいて外を見ると、雨はいつの間にか止んでいた。ジェンタの部屋が明るく目に飛び込んで来た。今度ははっきり見える。向こうの窓際に人影があった。ジェンタだ。前と同じ黒いシャツを着ている。下を見ていた。何を見ているんだろう、こっちに気がつかないかなと窓を開けた。ジェンタの顔が下からこちらに向けられた。元明は思わず手を振った。ジェンタは気がつかなかったのか、すぐに部屋の奥の方へ行ってしまった。

――目が合ったと思ったのに。

電話を再びみつめた。鳴らないのが不思議だった。

ジェンタに出会う前の穏やかな日々など今ここにあるはずがない。ジェンタに会ってからというもの、心掻き乱されることばかりだ。元明はジェンタにどうしてもらいたいのか分からなかった。目の前から消えてもらいたいのに、見えなくなるとたちまち不安になった。逆に傍にいると思うと、以前はぞっとしたのに安心感に包まれる。考えてもジェンタの行動は尋常じゃなかったのに今は元明の方が余程奇妙だった。

家敏《ガーマン》に明日の予定を聞こうと思い、電話台の引きだしから電話番号のリストブックを取り出した。いい加減家敏の家の電話番号くらい覚えなきゃなと反省しつつ、ページを捲り指で探した。A、B、C……とアルファベットを見て、Jの欄が気になった。開くと、ぽつんとたったひとつの電話番号が飛び込んできた。名前も何もない。

――まさかな。

家敏の家に電話をかけると、明るい声が耳に華やかに弾けた。家敏と話していると悩んでいたことがバカらしくなる。今日の数学の授業で先生の機嫌が悪くて、生徒の大部分が嫌がる証明問題を延々と解かされて困った話やクラスメートの面白い行動等の話に夢中になってる頃、淑怡が帰って来た。

母が帰宅したことを家敏に伝えて電話を切った。

「ごめんね、遅くなって」

淑怡は少しくたびれた黒のローヒールを室内履きのスリッパに替えて、元明の方を向いた。長い髪を一つにまとめ、さほど濃くない化粧だが、目鼻立ちがはっきりしているので実年齢より若く見えた。何だかいつもと違う顔に見えた。

「御飯は何食べたの？」

元明はそれには答えず、リストブックのＪの欄を開いて淑怡の前に差し出した。

「これ、どこの番号？　名前が書いてないんだけど」

淑怡は初めて見るような目をして、

「あら、本当。どこの電話番号かしら」

じっと見つめた。

「記憶にないの？」

「さあ、覚えてないわ」

それだけ言うと関心がないのか自分の部屋へ入ってしまった。元明は近くに置いてあったメモ用紙に電話番号を書き写して小さくたたみ、右の手の平に押し込んだ。


家敏《ガーマン》が路上本屋で働く晩に、元明《ユンメン》は通りがかりを装って会いに行った。だいたい八時頃だろうか。ずらりと並んだ雑誌と新聞の中央に家敏は座っていた。新聞の芸能欄に視線を落とし、ファースト・フード店で仕入れたローストチキンのせ御飯を口に運んでいる。元明はゆっくりと近づき、読んでいる新聞を取り上げた。家敏は驚いて顔を上げた。

「急に会いたくなってさ。今、晩飯?」

「ああ、びっくりした。そうよ、もう少しで鶏肉を喉につめるところだったじゃない。どうしたの、こんな遅くに」

二人が話してる間も、何人かが雑誌を買っていった。家敏が、慣れた手付きで相手をする。食べながら、新聞を読みながら、元明と話しながら、本を売る。一人で、てきぱきこなす姿は尊敬せずにいられない。元明は自分にはどんなよいところがあるだろうかと思った。

「お父さん、元気?」

「……あんまり元気とは言えないかも。最近は発作とかないけど、なんか弱々しくなっちゃって。元気な頃は厳しい父だったから、余計そう感じるのかな」

家敏は父親の話になると急に声のトーンが落ちた。病気の父を持つと、始終心

恐縮ですが
切手を貼っ
てお出しく
ださい

112-0004

東京都文京区
後楽2−23−12

（株）文芸社

ご愛読者カード係行

書　名				
お買上 書店名	都道　　　市区 府県　　　郡　　　　　書店			
ふりがな お名前			明治 大正 昭和　年生　歳	
ふりがな ご住所	□□□-□□□□			性別 男・女
お電話 番　号	（ブックサービスの際、必要）	ご職業		

お買い求めの動機
1．書店店頭で見て　2．小社の目録を見て　3．人にすすめられて
4．新聞広告、雑誌記事、書評を見て（新聞、雑誌名　　　　）

上の質問に1．と答えられた方の直接的な動機
1．タイトルにひかれた　2．著者　3．目次　4．カバーデザイン　5．帯　6．その他

ご講読新聞　　　　新聞	ご講読雑誌

文芸社の本をお買い求めいただきありがとうございます。

この愛読者カードは今後の小社出版の企画およびイベント等の資料として役立たせていただきます。

本書についてのご意見、ご感想をお聞かせ下さい。 ① 内容について
② カバー、タイトル、編集について
今後、出版する上でとりあげてほしいテーマを挙げて下さい。
最近読んでおもしろかった本をお聞かせ下さい。
お客様の研究成果やお考えを出版してみたいというお気持ちはありますか。 ある　　ない　　内容・テーマ（　　　　　　）
「ある」場合、小社の担当者から出版のご案内が必要ですか。 希望する　　希望しない

ご協力ありがとうございました。


〈ブックサービスのご案内〉

小社では、書籍の直接販売を料金着払いの宅急便サービスにて承っております。ご購入希望がございましたら下の欄に書名と冊数をお書きの上ご返送下さい。（送料１回380円）

ご注文書名	冊数	ご注文書名	冊数
	冊		冊
	冊		冊

配が絶えないのかもしれない。元明も母親が病気になったことを想像すると、心が沈んだ。次に何を話せばいいか分からなくなった。並んである雑誌の表紙に指で円を描き、埃で黒くなった指先をみつめた。

「僕のお父さんはどんな人だったんだろう」

独り言のように言った。家敏は食べ終わって空になった発泡スチロールの箱を片付けた。

「阿明、身体の半分はお父さんの血が流れてるのよ。つまり、お父さんの存在は消えてなくなったわけじゃない。あなたの中にお父さんは、いる」

元明は、自分の手を開いたりむすんだりして、父親を考えた。何だか本当に一緒に存在しているようだった。

家敏と別れて、ゆっくりと家路を辿りながら元明は時計を見た。もう九時半を回っていた。ママは帰っているだろうか、帰っていなかったらどうしようかと考えた。こんな時父親がいたら、説教されたり、殴られたりするかもしれない。

電話ボックスが見えたので、家にかけてみた。十五コールほど聞いていていたが出ないので、まだ帰っていないらしい。お金をいくらくらい持ってきたかとジーンズのポケットを探った。レシートのような紙が出てきたので放り投げかけて、思い直した。それは、Jの欄に載っていた電話番号をメモした紙だった。受話器を取って、メモの番号を押す。ややあって、コール音が響いてきた。少し緊張しつつ出るのを待った。どのくらいの時間が過ぎたであろうか。多分普通ならいないだろうと思う以上に待っていた。あともう少し、としつこく待った。

コンビニの前でたむろする若者達がはしゃいで奇声をあげた。その声に驚いて受話器を下ろそうとした瞬間、電話の繋がる音が聞こえた。慌てて耳に当てた。もしもし、とくぐもった声が聞こえてきた。元明は受話器をしっかり握った。

「……ジェンタ？」

生活感のない部屋、ジェンタの家は相変わらずだった。元明《ユンメン》はこの部屋にいることが自分でも不思議だったが、違和感を覚えたりはしなかった。木のテーブルも椅子もジェンタらしく静かに前と同じようにそこにあった。また黒いシャツだが、デザインは以前と違って、ポケットが胸以外に腕にもついているのを着ているジェンタに言った。

「ここの電話番号、どうやって分かったと思う?」

ジェンタはしばらく考えるふりをして、静かに笑って元明を見た。

「あんなところにいつの間に書いたのさ、しかも名前も書かずに」

「君の家に初めて行った日だよ。そのうち気になってかけてくるだろうと思ってね。だけど最初から知ってた風だったな、電話では」

元明も意味深に笑って見せた。笑った後、真顔になって気になってたことを聞いてみた。

「ずっと一人でいるの?」

「何が」

「その……恋人とか、いないの？」

ジェンタはすぐに答えず、腕を胸元で組んでいた。この質問に対してどう思ったか、分からなかった。向きを変えたせいで元明からは背中しか見えなかったからだ。後ろを向いたままジェンタが言った。

「何でそんなことを聞く？」

「寂しくないのかなと思って」

「……寂しいね」

あまりにジェンタが素直に答えたので元明は驚いた。こちらに再び向き直り、ジェンタは真摯な目で元明を捉えた。元明は、思わず視線を逸らした。

「僕でよかったら、いつでも来るけど」

「恐くないの？」

この時になって、ようやく自分が変なことを言っているのに元明は気づいた。最初の出会いからして普通じゃなかった。果たしてどこまで信用できるのかも分からない男、ジェンタ。恐くないと言ったら嘘になる。

「ジェンタは特別だから」

口笛を吹いて、ジェンタは歩いてバスルームへ向かった。

一体僕は何を言いたいのだろう、ジェンタに何を望んでいるのだろうと元明は思った。ジェンタのことをもっとよく知りたかった。特に理由はなかった。

ジェンタが戻ってきた。

「今日はもう遅いからお帰り。また来たいときに来ればいい」

「あのさ、もうひとつ聞きたいんだけどさ」

元明は思い切って尋ねた。

「僕って、やっぱりマザコンなのかな」

「ああ、この間のこと気にしてるんだ、ごめん、適当なこと言って。君がお母さんをすごく大切にしてるのが羨ましくて、ちょっといじわるしただけだよ」

「どういう意味？」

「考えてごらん」

「僕が羨ましいの？　ママが羨ましいの？」

ジェンタはニヤニヤ笑うだけで何も答えない。

「じゃあさ、何であのとき、僕の指を舐めたの？」

自分で言いながらも、顔から火を吹きそうだった。

「あまりの愛しさに、ね」

さらりと、ジェンタは言った。予想もしていないセリフ、それに似つかわしくない飄々とした態度に愕然としながら、やっとのことで反撃の言葉が出た。

「あんた……ホモ？」

ジェンタは大笑いした。からかわれてるのか。元明は一人熱くなっているのがバカらしくなってきた。笑うなよ、と怒鳴った。

「ごめん、ごめん。君って面白いね。君がいると、寂しい気持ちなんてふっ飛んでしまうよ。いや、バカにしてるんじゃないんだ。俺が言ったことは全部本当の気持ちだよ。君のことを見ているだけで満足してたんだ。君は迷惑だっただろうけど。君が家に初めて来たときは信じられなかった。でも、嬉しかったよ」

ジェンタは珍しく饒舌だった。元明は、まるで愛の告白だと思った。しかし口には出さなかった。

「どう思ってくれてもいいよ。ホモでも変わり者でもね。気味が悪いと言うんならこれっきりにしてもいい。俺は十分過ぎるほど君と話せたし、君にこれ以上求めるつもりもない」

ちょっと待ってよ、と元明が切り出した。

「僕の好きにしていいんだろ、そうさせてもらうよ」

ジェンタの答えを待たずに、家を飛び出していた。シャッターを下ろす店を横目にオレンジ色の街灯を浴びて、走った。まだまだ閉める様子のない粥麺屋の明かりが二、三軒道標の灯火のように一〇〇メートル先を照らしていた。

元明《ユンメン》は再び、ジェンタの家へ通いだした。ジェンタといると楽しかった。歳の差こそあれ、古くからの友達みたいに何でも分かりあえた。

「これ何？」

元明はバスルームの大きな鏡付き収納棚が気になって、思わず開けてしまった。タオル、シャンプー、リンス、石鹸、剃刀、歯磨き粉、歯ブラシのストックが入っていた。そんな中で目を引いたのは、四角形で平たく、ひどく美しい赤い壜だった。ジェンタがやってきて怒りもせずに、香水だよと教えてくれた。ジェンタのあの匂いの元はこれだったのか。しみじみと眺めた。

「使ってもいいよ」

ジェンタの言葉に甘えて、軽く自分の胸元にひと吹きした。思っていたより強烈な芳香が漂った。確かにジェンタの香り。しかし元明の身体には馴染まなかった。時間が経てば経つほど、ジェンタの匂いではなくなっていった。

「香水、興味あるの？」

ジェンタに聞かれて、元明は少し頭を傾げた。

「僕には似合わないみたいだ」

「この香水だから、だよ。君にはもっと爽やかな香りの方がしっくりくると思うよ」

「でも僕はこの匂いがいいんだ」

「どうして」

「何か、落ち着くんだ」

ジェンタは目を細めて元明を見た。それは全体のディテールを掴もうとするかのようだった。元明は話題を変えた。

「ジェンタの鼻って不思議だね。初めて見たとき、恐くて、企んで見えて、すごく悪い印象だったんだ。今は……」

「醜いだろ」

言葉を遮って、ジェンタが言った。

「俺はこの顔が大嫌いだ」

「そんなこと言わないで。少なくとも僕は好きだよ」

ジェンタは悲し気に目を伏せた。じっと何かに耐えているようにも見えた。顔の話なんかするんじゃなかった。元明は、褒めるつもりで言ったことに後悔していた。でも伝えたかった。ジェンタの顔も姿形も雰囲気もとても好きだということを。


四季は一応あるけれど、本当に寒いと感じるのは、一年のうち一週間ぐらいのものだった。後はひたすら暑いかどうしようもなく暑い、もしくは涼しいフリをした暑さだった。しかしあくまでも外では、の話だ。一度屋内に入ると驚くような涼しさである。涼しいというより、もはや冷たい。誰もが感じていることだが、香港の冬より、夏の方が意外に寒いことに驚くだろう。旅行者はもちろん地元の人だってこの寒さには辟易している。これも空気を清浄に保つためと我慢している。暑いよりはマシなのだ。物が腐ったり虫に悩まされるより、自分達が犠牲になる方が、マシなのだ。香港人のクーラー崇拝は今に始まったことではない。

元明《ユンメン》もそんなクーラーががっちり効いている甘味茶屋で、レモンが入ったコーラを飲んでいた。淑怡の仕事が昼で終わると言うので待ち合わせしたのだ。午後二時。時計を見ると、すでに待ち合わせ時間より三十分経過していた。今日は学校が休みなので、店内の客も家族連れが多い気がする。一つのテーブルで一人なのは元明だけだった。この店はオープンしてまだ間がない。物珍しさも手伝ってまずまずの客入りだった。古き良きオールド香港をイメージした店内のインテリア。だが、オープンしたての空気は隠せなかった。天井に据え付けられたファンがまるでごまかすように新旧の空気を混ぜていた。手が氷のごとく冷えていることに気づいた時、見知らぬカップルが元明のテーブルの前に座った。時刻は二時半になろうとしていた。元明は立ち上がり勘定を済ませて、淑怡の働いている粥麺屋へ向かった。

外へ出ると、冷えた身体があっという間に強い陽射しに熱せられた。洋服屋が何軒か続く坂を勢いよく駆け上がる。ポルトガル料理店が見えた。その隣の粥麺屋に着くと、昔から元明を可愛がってくれているおばさんが出てきて、一時には上がったよと教えてくれた。買物でもしているのだろうか。なら、行き違いになったら大変だ。元明は慌てて、外に飛び出した。今来た道を戻ろうとして、一歩踏み出した時、信じられない光景を見た。

ポルトガル料理店から淑怡とジェンタが出て来たのである。二人は元明には気づかず、坂を下りて行った。元明は歩みを緩め、ついていった。元明と待ち合わせた甘味茶屋へ来ると二人は別れ、淑怡は中へ入っていった。元明もそれを見届けてから淑怡を追いかけるようにして店に入った。

「ママ！」

淑怡はそれに気づくと驚いたような顔をした。

「ごめんね。遅くなって」

「何してたんだよ？」

「何って仕事がきりつかなくて……本当にごめんね」

元明は怒りで震えそうになりながら、ようやくそれを抑えた。

「急用を思い出したから、もう行くよ」

後ろから淑怡が何かを言っているのが聞こえたが、かまわず走り出していた。ジェンタと会っていたこともショックだったが、淑怡に嘘をつかれたことが一番こたえていた。


元明《ユンメン》は尖沙咀《チムサーチョイ》海岸のプロムナードを歩いていた。生ぬるいながらも潮風を顔に受けるといやな気持ちも飛んで行くように思える。天気は良いのに、靄が、かかっているので向こう側の香港島が霞んでよく見えない。

淑怡《ソッイー》は何故ジェンタと会っていたことを隠したんだろう。元明が以前、ジェンタを嫌っていたからなのか。あるいは何か言えない理由でもあるのか。元明は答えのみつからないまま考え続けた。

ジェンタも淑怡の話をしなかった。したと言えば、淑怡の職場の粥麺屋の場所くらいである。

――ああ、あのポルトガル料理屋の隣。

ふいに、ジェンタの言った言葉を思い出した。あの後、ジェンタは淑怡の勤める粥麺屋に、さっそく行ったかもしれない。偶然を装って縁があるような話をして盛り上がり、交際を始めた。だから最近淑怡の帰りが遅いのだ。元明はそこまで考えると、本当にそんな気がしてきて辛くなった。母を取られるという思いか、ジェンタを取られるという思いなのか自分でも分からなかった。

考えるだけ考えると観念して、淑怡の待つ家に帰った。

重々しい気持ちでドアを開けると、淑怡が立っていた。心配そうな顔をして、

「用事は済んだの?」

と聞いてきた。うん、と適当に答えた。

「ママ、僕に言いたいことない？」

「今日遅れたことを怒ってるのね」

「違うよ！　遅れたことよりもっと大事なことだよ。僕に言うべきことあるだろ」

荒々しく、靴を室内用スリッパに履き替えた。淑怡は黙っていた。元明は淑怡を真っ直ぐ見た。

「……ジェンタのことだよ！」

元明が堪えられなくなって言うと、淑怡は一瞬、顔色を失ったように見えた。

「何で嘘ついたんだよ」

「何のことを言ってるの」

「とぼけるなよ！　見てたんだ、二人が会ってるのを」

淑怡はごまかし切れず、下を向いた。

「隠すようなことなの？　いつから会ってたんだよ」

「阿明だって隠してたでしょう。彼と会ってたこと、私も知ってるのよ」

元明は突然の切り返しにどう答えてよいか分からなくなった。淑怡も知っていたということは、ジェンタが淑怡に元明のことを話していたことになる。

「僕のことはどうだっていいよ。ママとジェンタの関係は一体何なの？」

言葉を選ぶようにして淑怡は頭を少し傾けながら答えた。

「まだ何とも言えないの。ただ、私とあなたにとって大事な存在だとは言えるわ」

元明はそれ以上聞く気が失せて部屋へ閉じこもってしまった。ジェンタは一体何を考えているのか。分かりあえたと思ったのは元明だけだったのか。もしかして淑怡とのためにだしにされたのかもしれないと思うと、バカバカしくなった。

窓からジェンタの部屋を見た。窓はきっちりと閉められていて、カーテンも閉まっていた。元明は、無性にジェンタに会いたくなった。やはりジェンタのことが限りなく好きだった。ジェンタが淑怡を好きでも変わらなかった。恋愛なのか友愛なのか、もっと別の感情なのか自分でも分からなかった。とにかくずっと一緒に居たかった。

何事もなかったように次の日、元明《ユンメン》はジェンタの家を訪ねた。ジェンタはにこやかに迎えてくれた。今日は何故か黒ではなく真っ白なシャツを着ていた。袖を軽く捲り上げて、窓からの光を爽やかに受けていた。そのせいか、淑怡《ソツイー》の時と違って元明は文句ひとつ言えなかった。

「どうした？　今日は何だか様子が変だな」

ジェンタが腰に手を当てて聞いてきた。

「学校で何かあったのか？」

知ってて、ジェンタもとぼけるつもりなのか。

「ジェンタにとって、僕って一体何？」

自分の鼻にさわりながらジェンタは目を閉じた。いつもなら笑い飛ばすような質問に、真剣に考えていた。

「一番大事な人だよ」

「一番……？」

「そう」

元明は面食らって言葉を失った。

「君が居なかったら、俺も今ここに居たかどうか分からない」

木のテーブルに手をついて自分の手をみつめていた。やはりからかわれているのだろうか。ジェンタがあまりに臆面なくきっぱりと言うので信じられなかった。しかも、一番と断言したのだ。

「ママのことはどうなんだよ」

ついに淑怡のことを持ち出した。ジェンタは驚く様子もなく、少し笑った。

「もちろん好きだけどさ、君のママだしね」

元明は唖然とした。何を言っているんだろう。だから、二人とも仲良くしたいというのだろうか。

「ママと僕とどっちが好きなんだよ」

自分でもうんざりしながら、捨てられるのが分かっていてもしがみつく女のようなセリフを吐いた。

「ママを選んでもいいよ。だから間違っても二人と仲良くしたいとは言わないで」

ジェンタはゆっくりと元明に近づいてきて肩に手を置いた。どっしりと、重く感じられた。

「言うか言うまいか、迷ったんだけどね」

一息ついてから続けた。

「淑怡とは、随分前になるけど、付き合っていたんだ。まだ結婚する前だよ。淑怡は親が決めた人と婚約していてね、二人の付き合いは認めてもらえなかった。そんな時、淑怡が俺の子を妊娠してしまった。でも親は認めるどころか、ひた隠しさ。結局、淑怡は婚約者と結婚してしまった」

ここまで話すと冷蔵庫からミネラルウォーターを取り出し、二つのグラスに注いだ。その一つを元明に差し出し、もう一つを一気に飲み干した。空いたグラスをすぐ流し台へ置いた。元明は両手でグラスを持ってゆっくり飲んだ。よく冷えた水が胃の中にしみた。

「この時のお腹の子が、君だ」

ジェンタは射るような目で元明を見た。元明は心臓が高鳴った。

――ジェンタが僕の……？

「俺は諦めきれなかった。奴が、本当の君のパパのように振舞うのは、どうしても許せなかった」

ジェンタの目付きが急に落ち着かなくなった。少し震えているようにも見えた。

「俺は奴の職場にどうにか潜り込んで一緒に働いた。そして仲良くなったところで本当のことを教えてやった。最初、奴は信じなかったが、淑怡に問いただして、本当だと分かると相当ショックを受けた。俺は精神的に追い詰めて、奴は結局自殺した。俺が殺したようなものだよ」

話し終わってからジェンタの口元が緩んでいるように見えて、元明はぞっとした。とんでもない打ち明け話をされて、元明は身体全部が心臓になったように脈打った。水の入ったグラスを落としやしないだろうかと心配するほどだった。

「じゃあ、ジェンタが、僕のお父さんってこと？　でも、あまり似ていないような気がしない？」

ジェンタは悲し気に微笑んで、手で自分の鼻をつまんだ。

「俺がこの顔嫌いって話、前にもしたよな」

元明は余計なことを言ったと後悔した。ジェンタは自分の顔の話になると、神経質になる。

「これ、本当の顔じゃないから」

ジェンタはさらりと言った。

「淑怡の婚約者が死んでから、俺は罪の意識を感じて、自分の顔を変えたんだ。恨みを晴らそうとして近づいたけど、死なすつもりはなかったからね。鼻を変えただけでも全然違う顔になった。淑怡に迷惑をこれ以上かけられないと思って、彼女の前からも消えた」

元明はグラスをテーブルに置いた。

「消えたのに、また現れたんだ」

元明は信じていたものが壊されていくのを感じた。ジェンタが最初に会った時のように見知らぬ人のようだった。

「あの時ぶつかって、直感で俺の子だって分かったんだ。見ているだけで、満足だったんだが……」

「ママはすぐにジェンタのこと、分かったのかな」

「分からなかったみたいだよ。顔も変わってるし、十年位前に会ったきりだから」

「で、どうしたいんだよ。僕ら三人仲良く暮らそうっていうの？」

ジェンタは首を振った。

「それが本当は理想だけどね」

元明はしゃがみ込んだ。

「何言ってるんだ、ジェンタ」

ようやく、言葉として出てきたのはこれが精一杯だった。

「ジェンタというのも実は仮の名前なんだ」

追い討ちをかけるようにセリフを繋ぐ。自覚より先に、熱いものが込み上げた。

元明は立ち上がって、ジェンタに力強く抱きついた。

「お父さん、会いたかったよ」

「元……明……」

ジェンタが初めて自分の名を呼ぶのを聞いた。抱きつくと、いつものジェンタの匂いがした。森の中でアボリジニが獲物を探している映像が浮かぶ。静かで、どこか熱い。そんな匂いだ。生暖かいものが伝わってくるのを右手に感じて、ゆっくりと離れた。

「そう言うとでも思った？」

元明の護身用ナイフが、ジェンタの左脇腹に刺さっていた。白いシャツが赤くじわじわと染まっていった。元明は流れてくる涙を拭わなかった。

「あんたが悪いんだよ。恐ろしい打ち明け話なんかするからさ」

ジェンタは支える足の力を失って、座り込んだ。頭を冷蔵庫にもたれかけて、苦痛に顔を歪めていた。

「あんたに同情なんかしないよ。むしろ、殺された僕のお父さんになるはずだった人のことを思うと、悲しいよ。彼だって、親の言うなりだったんだ。あんたの下らない恨み事を聞いて死んでしまうほど繊細な人だったんだよ。分かる？　あんたのは、ただの八つ当たりだったんだよ」

ジェンタは息を荒くしながらも、ちゃんと聞いているようだった。時々頷いていた。

「そのうえ今度は、僕まで騙して。父親なら最初からそう言えばいいじゃないか。名前まで嘘だなんて」

「ごめん」

「謝って済む問題じゃないよ。僕がどれだけジェンタのこと好きだったと思うんだ。名前だって、顔だって、あんたが嘘で固めたもの全部好きだったんだよ」

感情的になって、話しているうちに血は思ったより流れ続けて、フローリングをゆっくりと覆いつつあった。元明が慌てて、電話をかけた。

「電話せずに、このまま放っておいたら、出血多量で、死んだのに」

ジェンタが息も絶え絶えに呟いた。

「そしたら僕が殺人犯になるじゃない。それをずっと背負って生きるなんて、冗談じゃない。今ならまだ罪は軽いけど」

「俺が仕向けたようなもんだ。俺が自殺しようとした、それを君が止めた、そういうことにしよう」

言うだけ言って、ジェンタは目を閉じた。元明はバカなことをしたと思った。ジェンタのことを責められない。自分だってジェンタを傷つけたのだ。やはり似ているところがあるのかもしれない。

救急車がやってきて、手際よく応急処置をして、ジェンタを病院に連れて行った。命に別状がないことが分かると、元明はすぐに帰った。家に帰ると淑怡は、疲れ果てた様子でソファに座っていた。元明が簡単に、先程までジェンタと話していたことや、護身用ナイフで刺して救急車で運ばれたことを話した。

「それで、大丈夫だったのね」

最初、淑怡は驚愕していたようだったが、元明が頷くと、やっとほっとしたようだった。怒られるかと思ったが、淑怡は何も言わなかった。

「ねえ、ジェンタと結婚するの？」

元明の質問に淑怡は少しずつ答えた。

「結婚はしないわ。あの人だということが分かったのは私も最近なの。まだ気持ちの整理もついていないしね。第一、阿明がよく思ってないのに一緒に暮らせる訳ないでしょう。私は十分よ、阿明がいるだけで」

「ジェンタのこと、まだ好き？」

「分からないわ。嫌いではないけれど。十数年前と同じとは言えないわね」

淑怡の本心は計り知れなかった。口では何とでも言えるからだ。


元明《ユンメン》はしばらく見舞いには行かないことにした。今ジェンタに会っても、話す内容は同じだからだ。淑怡《ソッイー》はパートの合間を縫ってまめに病院に通っていた。淑怡の話によると、すっかり良くなって随分と退屈しているらしい。

「元明はいつ来るのかってそればかりよ」

元明は会いたい気持ちを抑えてなるべく考えないようにしていた。ジェンタも同じ気持ちでいてくれたらいいな、と思った。

父が生きていた。元明の空想の中でぼんやりとしか存在しなかった父を、はっきりと頭に思い浮かべることが出来る。望めば一緒に暮らすことも出来る。十分幸せなのではないか。三人で暮らす生活も楽しい気がする。一体何を悩むことがあるだろうか。

元明は三人で火鍋《フォウォ》を囲んで楽しく語らう場面を想像してみた。悪くなかった。

電話が鳴った。あっという間に現実に戻されて、受話器を取った。

「もしもし」

静かに聞き覚えのある声が響いた。ジェンタだった。

「何で見舞いに来ないんだ？」

「ちょっと忙しくて」

ふーん、と息のような声が聞こえた。

「今度行くから、待っててよ」

「忙しいんだったら別にいいけどさ」

すねたようなセリフが可笑しくて、笑いを噛み殺すのが大変だった。

「ごめんね、本当に。痛かった？　僕のせいだもんね。憎い？」

「いいや、嬉しかったよ。そりゃ、痛いけどさ、何か吹っ切れた気がするよ」

「そう。僕も吹っ切れたよ」

「何？」

「何でもない」

すぐに話してしまうのはもったいない気がしてしまった。

「ジェンタ、本名は何て言うの？」

「教えない」

「どうしてさ」

元明はむっとした。見舞いに行かないことへの仕返しだろうか。

「君には、ジェンタって呼んでもらいたいからだよ」

そんなことに何の意味もないのに、元明は嬉しかった。

「ジェンタってね、子供のころ妹が持ってた外国製の人形の名前。目がぱっちりとして、頬が薄紅色ですごく可愛い顔してたんだ。わざと皮肉ってつけたんだ」

ジェンタの笑い声が聞こえた。元明も一緒になって笑った。楽しい。とても満ち足りていた。

「ジェンタ、会いたいよ」

「やっと素直になったね。もちろん、俺もだよ」

「何か欲しいものある？」

「そうだなあ、果物を五種類くらい」

「ええっ、贅沢言うなあ」

「冗談だよ」

「その調子なら、すぐにでも退院できそうだね」

ジェンタは笑いながら、うんと言った。

「それじゃ、切るよ。明日行くから」

「あ、元明」

切ろうと受話器を耳から離しかけた時、ジェンタの声がまだ聞こえていた。

「何、まだなんかあるの？」

「ああ、何でもない。ママによろしくね」

「バカじゃないの、今日そっち行ったところなんだろ」

「うん、もう帰ったから、そろそろ家着く頃だと思うんだ」

「分かったよ。それじゃあね」

最後は半ば強引に話を終わらせて切った。しばらくすると、淑怡が帰ってきた。

さっそくジェンタから電話があったことを伝えた。淑怡は笑って、これから仕事と言ってすぐにまた出て行った。元明も、夕飯を食べに外へ行こうと服を着替えていたら、玄関のベルの音楽が鳴った。淑怡が電池を換えてくれたようで、軽快なリズムで「エリーゼのために」が流れた。ドアを開けると家敏《ガーマン》だった。せっかくなので二人で夕飯を食べに行くことになった。外は夕闇が迫っていた。店の看板群も電気が点き始めていた。横切る路面電車の間を擦り抜けて道路を渡った。立ち並ぶレストラン街を横目に見ながら、どこに入ろうかと相談した。結局どこも高そうなので、流行りの日本式回転寿司屋に入った。ひとつひとつきちんと、プラスティックの蓋が被せられてあるので衛生的だ。席に着くと、元明はさっそく、醤油皿にこんもりとわさびを盛り、家敏にも渡した。これは元明に限ったことではない。香港人は、生の魚を食べる習慣が元々ないので、わさびがたくさん皿に載っていないと不安になるのである。もちろん、寿司にしろ刺身にしろ同じである。そして、きちんとした日本料理店でもないかぎり、本わさびは出ないので、想像するほど鼻が痛くなることもない。店内は多くの家族連れで賑わっていた。家敏は海老を取り、元明は帆立貝を取った。

「家敏、もしかしたら三人で暮らすことになるかも知れないんだ」

突然元明がそんなことを言ったので、家敏はかなり驚いた。

「三人ってどういうこと？」

「僕の父親が生きてたんだ」

家敏はさらに目を丸くした。

「いきなり僕らの前に現われて、僕も最初とまどったんだけどさ」

お茶を一口飲んで元明は続けた。

「しかもその父親ってのが、以前話してた、僕に付きまとっていた変な男だったんだ」

「それ、本当に大丈夫なの？」

家敏が怪訝な顔つきで元明を見た。

「うん、ちょっと変わってるけどね。悪い奴じゃなかった」

元明は話しながら、ジェンタのことを思い出して、口元が綻んだ。

「阿明がそう言うんなら、大丈夫ね」

二人はしばらく食べることに専念した。満腹になると、満足して店を後にした。外はすっかり暗くなっていた。

「じゃあ私、これから路上本屋の仕事があるから、ここで」

「うん、頑張って」

「阿明こそ。お父さん、よかったね」

「ありがとう、話聞いてくれて。やっていく自信持てたよ」

家敏は両手をグーにして上げ、ファイトのポーズを取った。元明も同じ格好をして見せた。二人同時に笑って、手を振って別れた。改めて、家敏は自分よりずっと大人だと元明は思った。

次の日、元明《ユンメン》は電話で言われた通り、果物屋で五種類盛合せを作ってもらい、病院へ向かった。ジェンタはどんな顔するだろうか。渡した時の場面を想像すると、吹き出しそうだった。運転の荒い、バスの二階最後部座席で跳びはねながら、元明は逸る気持ちを抑えられなかった。病院に着くと、早く会いたいのにわざとゆっくりとした足取りで自分自身を焦らした。ジェンタに教えてもらった病室の前まで来ると、深呼吸した。驚かそうとしてノックもせずにドアを開けた。

「ジェンタ！　来たよ！」

ところがベッドがきれいに片付けられていて、誰もいなかった。元明は少しの間、果物籠を手から放し、呆然とそこに立ち尽くしていたが、看護婦が入って来たので我に返った。

「あなた、張志雲《チョンチーワン》さんの息子さん？」

看護婦が声をかけてきた。元明は聞き覚えのない名前を言われて首を振った。

「あのう、ここに入院してたジェンタ……」

言いかけて、気づいた。「ジェンタ」は、本名じゃないのだ。

「ここに入院してたのは張志雲さんよ。昨日で退院したわ」

元明は、頭を後ろから殴られた気持ちがした。どうやら張志雲という名前はジエンタの本名のようだった。

「昨日で退院したんですか？」

考えがまとまらないまま、元明は言った。

「ええ」

看護婦が答えながら、元明の足元の果物籠に視線を落とした。

「あなた、元明さんでしょう？　どうして知らせなかったのかしら。あなたが来たら渡してほしいって、これ預かったんだけど」

看護婦はポケットから手紙を取り出して、差し出した。受け取ると、元明は黙って部屋を出て行こうとした。

「待って、忘れ物よ」

看護婦が果物籠を渡そうとすると、

「あなたに差し上げます」

とだけ言って振り向きもせず出ていった。

病院から出ると、早歩きでさっき通った道を戻った。心臓がバカみたいに動いていた。

ジェンタが退院した？　昨日の電話は病院からじゃなかったのか。何で黙って退院したんだ？　僕が今日来ること知ってて——。

通りがかりの粥麺屋で、電話を借りてジェンタの家にかけた。しかしすでに電話は使えないようになっていて、元明は舌打ちをした。ジェンタが、元明の前から消えようとしている。元明は自分の家にかけ、淑怡にジェンタが退院したことを知っているか聞いてみた。淑怡《ソッイー》もやはり知らなくて、驚いて声が震えていた。元明も、どう言えばいいか分からなくなって次の言葉が出て来なくなった。

「あの人らしい去り方だけど、今度だけはひどすぎるわ」

淑怡は今にも泣き崩れそうな声を出したので、元明は電話を切った。

ジェンタらしい、そんな一言で済まされるのはいやだった。元明は力なく店を出て、ふらふらと当てもなく歩いた。家に帰るのもいやだった。

ジェンタは初めからこうするつもりだったのだろうか。もっと早くに見舞いに行っていれば違ったのだろうか。僕に会いたいって言ってたのに。

元明は本当にもう二度と会えないと思うと気が変になりそうだった。歩くのをやめるとそこに倒れて起き上がれない気がした。歩き続けて、そのまま死ねればいいと思った。自分をこんなにしたジェンタを、あの時何故殺さなかったのかと後悔までした。

横断歩道を渡り切らないうちにいつの間にか信号が赤に変わり、車が発進した。元明は気にもせずゆっくりと渡る。轢かれそうになりながらもなんとか渡り終える。周りにいた人達は、元明をじろじろ見て好き勝手に文句を投げかけた。元明はそんな視線も気にせずただ歩き続けた。気がつくと、維多利亞《ワイターレイア》公園（ビクトリア公園）に来ていた。病院で看護婦にもらった手紙を思い出して、ポケットを探った。無意識にポケットに突っ込んだみたいで、くしゃくしゃに二つ折りになった茶封筒が出てきた。思ったより厚かった。ベンチを見つけて腰を下ろし、封を切った。便箋を広げるとほのかにジェンタの匂いが漂った。

親愛なる元明へ

君がこの手紙を読む頃、私はもう香港にいないだろう。こんな形で別れることになって本当に申し訳なく思っている。ごめん。結局、君は一度も見舞いに来てくれなかったね。私は余計なことを話し過ぎたかもしれない。話すにしても、あんなに一遍に言う必要なかったと思う。でも、私はやはり君と淑怡と三人で暮らしたかったのだ。そのために私達の関係を知ってもらいたかった。入院している間、色々考えた。今現在のこと、十数年前のこと、これからのこと。私は自分の顔を変えてしまったから、淑怡は昔の私とはどうしても違うイメージになるらしい。君は君で、今の私しか知らない。それでもやっていく自信はあった。私は君達をとても愛しているし何も問題はないと思った。しかし君は三人で暮らすなんて考えてもみなかっただろう。淑怡は淑怡で一緒に暮らす気はないときっぱり言った。よく考えれば、一緒に暮らしたいと思ったのは私だけだったのだ。

元明《ユンメン》は首を横に振った。便箋を顔に当てて声を圧し殺して泣いた。昨日の電話でもったいぶらず正直な気持ちを言っておけば、もしかしたらジェンタは今もここにいるかもしれなかった。

君達にはすでに心地いい二人の生活が出来上がっていて、私の入る余地なんかないのに、私は無理に作ろうとした。なんて都合のいい人間なんだろう。君は言ったよね、生きていれば君のパパになっていた人だって、親のいいなりだっただけだって。もし私がきちんと手を引いていれば、君はその人と普通の家族でいられたかもしれない。彼も死なずに済んだろうし、私も顔を変えずに済んだのだ。考えれば考えるほど自分のしたことが愚かに見えて、どうしようもない。

ここから便箋の色が白から薄い紫色に変わっていた。元明は手紙を読み終えるのが怖くて、しばらく目を閉じてじっとしていた。手紙を読んでいる間は、ジェンタがまだ傍にいるように思えた。

私が君達の前から消えたのは、実は他にも理由がある。私は君のことをとても愛していて、それは一種、家族愛のふりをして、もっと特別な感情に思えるのだ。君がどのように私のことを見ていたか分からないが、君も私のことをとても好きだといっていた。私は君と会わない間よく考えてみたが、本当に君のことばかりだった。果たしてこんな私が君達とうまくやっていけるのだろうか。無理だろう。それが分かると、普通の顔して君達に接することが出来ないと思った。急に消えたからといって、誤解しないでほしい。私は君達のことを嫌いになった訳じゃないってこと。私は君のことを見ているだけで満足だと思っていたのに、人間って欲深いものだね。

元明は次の便箋へなかなか移れないでいた。ジェンタが自分のことを愛していると書いてある。それだけで十分だった。元明にとってもジェンタは特別で、父親に対する思いなのか違うのかは分からないが、ずっと一緒にいたかった。

元明、せめてもう一度顔を見たかったけど見ると香港を出る勇気がなくなりそうだから我慢するよ。そういえば君には私の職業も教えてなかったね。フォトグラファーなんだ。始終外国を飛び回っている。今度は、今まで行ったどの国よりも、一番遠くへ行くつもりだ。まとまった休みをもらっていたから、ずっと家にいたんだけど、君はいつも私がいるから不思議だっただろう。私は君のことをよく知っているが、君は私のことをほとんど知らない。本当の名前だって知らない。

元明は看護婦が言っていた名前を思い出そうとした。張、何だっけ……。いくら考えても思い出せず、諦めて先を読んだ。

随分長い手紙になってしまったね。もう言いたいことは全て書いたつもりだけど、ペンをおくことが出来ない。ペンをおいたらもう君と私を繋ぐものは何もなくなる。君は、今どこでどんな気持ちで読んでいるのだろう。淑怡にも黙って、私はここからいなくなるつもりだから、彼女のことをよろしく頼むよ。

元明は電話の切り際に、ジェンタの言っていたことを思い出した。

そろそろ時間がなくなってきた。書くのを止めなければならない。

君と会えてよかった。私の存在を知ってくれて、よかった。
世界で一番遠くから、一番近い君のことを思っているよ。
身体に気をつけて。

張志雲
（ジェンタ）

結局ジェンタは本名を、手紙の最後に記していた。元明はその名前を指でなぞった。張志雲。本当に雲のように、つかめそうで、つかめない人だった。志高く、雲のごとく高く。そういう意味だろうか。

元明は手紙をきちんと半分に折って、ポケットにしまった。両手を膝の上に置いて、下を向いて考えていたが、何人か、自分の前を通り過ぎた後、立ち上がった。ジェンタの家に行ってみようと思った。

家に行けば何事もなくジェンタがいて、全部冗談だよと笑い飛ばしそうな気がしたからだ。元明が見舞いに来なかった罰だとか言って。

路面電車に乗った。すぐ二階に上がり、空いている席に着いた。窓が開いているにも拘らず、車内の空気は淀んでいて、じっとりと湿気が貼り付いていた。外の日光の眩しさが車内の薄暗さをより際立たせていた。時々、申し訳程度に流れて来る外気が元明の頬を撫でた。

のろのろと路面電車は走り、元明はこの状態が長く続けばいいと思った。結果がどうなのか分からないまま、ここで空想に浸っていたかった。

路面電車を下りて、ジェンタの家の前まで来た。普通に呼び鈴を鳴らす。何度も鳴らした。やはり、いないのか。元明は諦めきれず鉄扉を引いてみた。信じられないことに鍵はかかっていなくて、簡単に動いた。今度はドアが姿を現した。ゆっくりとドアノブを回すと、開いた。

「ジェンタ！　いるんだろう」

思わず叫んでいた。部屋に入り、見回したが、いなかった。ベッドルームにもバスルームにもいなかった。しかし、家具類はそのままだった。元明はいつも座っていた木の椅子に腰掛けた。ここにいるとジェンタがそのうち帰って来そうな気がした。木のテーブルにうつ伏せると、ほのかに森の匂いがして落ち着いた。この木があった森に行きたいと思った。ジェンタも森にいるような気がした。

ジェンタの匂いを思い出して、バスルームへ行った。大きな鏡付き収納棚が前と変わらずあった。扉を開けると、ジェンタの香水があった。元明は驚いて、それを取り出した。これを置いていくなんて、ショックだった。大して気に入っている訳じゃなかったのか。元明にとってはジェンタからはいつもこの匂いがしていて、どの空の下にいようと、この匂いを思い出すだけで、身近に感じられたのにと思った。ジェンタは、自分の香りまで変えて、新しい世界に飛び込むつもりなのか。しかもどこにいるかも分からない。元明は香水を握りしめた。

香水を木のテーブルに置いて、眺めた。蓋のすぐ下に香水の名前があったが、よく分からなかった。「ルージュ」だけは、何とか読めた。紅い壜が美しくて、長い間見ていた。中身は半分ほどになっていた。

冷蔵庫を開けると、見事に何もなかった。ベッドルームに行くと、青いベッドはそのままだった。思わず、クローゼットに手が伸びる。開くと、たくさんの服が掛かったままだった。よく着ていた黒のシャツも二、三着ある。服もほとんど置いていったらしい。

引き出しも開けてみた。泥棒みたいで、気分のいいものじゃないが、自分を止められないでいた。いくつかの書類、手帳のようなものが出てきた。今年の年号が書いてあった。

――手帳まで置いていくのか？

パラパラとめくると、あちこちにメモがしてあり、仕事で使っていたものだろうか、電話番号や社名が、たくさん走り書きしてある。それも途中で終わっていた。後ろの方はまだ新しかった。最後のポケットを見て、愕然とした。そこには古い身分証が差してあった。そっと取り出した。元明は持つ手が震えた。こんなものを置いていける訳がなかった。写真の顔を見ると、知らない男だ。慌てて、名前を確認する。張志雲、とある。やはり間違いなかった。もう一度写真を見る。鼻が違うだけで、随分と男前だった。これが本当のジェンタ。他にも何かないか探した。書類の下の方からまた手帳のような手触りを感じて、取り出した。それを見て、元明は思わず目を閉じた。涙が出るのを押えられなかった。しばらく声を殺して泣いた。その手帳のようなものは、パスポートだった。

「ジェンタ……お父さん」

元明はその場に崩れて泣いた。もう何も知りたくなかった。ジェンタは自分をからかっているだけなのだ。ここにいれば、いつか帰って来るのだ。パスポートもなしで香港を出られるはずはないからだ。

外はすっかり暗くなった。元明は電気も点けず、木の椅子に座って、ジェンタの香水、身分証、パスポートをテーブルに並べ、じっと見ていた。ほとんど死んだように動かなかった。

気がつくと朝だった。部屋が明るい以外は何も変わらなかった。外に出て、電話ボックスに入り、家にかけた。淑怡が出て、

「今どこにいるの！　早く帰って来なさい」

泣きながら怒った。

「ごめんなさい。一週間だけ時間を下さい」

元明はそれだけ言うと一方的に電話を切った。すぐに学校にも電話して、一身上の都合で、中国の祖父母の家に行かなければならなくなったから、しばらくの間、休ませてほしいと言った。電話に出た先生は何とか理解してくれた。近くのスーパーマーケットで、ミネラルウォーターとパンを調達すると、またジェンタの家へ戻った。

——ジェンタは必ず帰って来る。パスポートと身分証なしでは、どこへも行けないんだから。

元明はパンをちぎり、ミネラルウォーターを飲んだ。腹はあまり減っていなか

ったが、無理矢理押し込んだ。淑怡の悲し気な声を思い出すと、心が痛んだ。でも、ここで待っていなければ、ジェンタが戻ったとしても、また黙って出て行くに違いなかった。そんなことは耐えられない。元明はもうこれ以上ジェンタと離れたくなかった。どんな形であれ、傍にいてほしかった。三人で暮らせないにしても、近くにいて、いつでも会えるような仲でいたい。

クローゼットから、ジェンタがよく着ていた黒いシャツを取って、木の椅子に掛けた。香水を上から少し振りかける。強く、ひどく懐かしいジェンタの匂いが立ち上る。元明はシャツを抱きしめて、再び椅子に掛けた。こうしているとジェンタが傍にいるようで、落ち着けた。君の主人はすぐ帰って来るから、とシャツに語りかけた。着る人のいないシャツは、静かに待っているように見えた。

そして力なく元明は、眠りにひきずられていった。

目を覚ますと、辺りはすっかり暗くなって、今何時かも分からなかった。静かな暗闇と同化して、自分の身体も暗闇で出来ているみたいに、見えなかった。外の喧騒がまるで、別世界で起こっているように遠い感覚だった。部屋の暗闇が、そういった騒音を呑み込んで奇妙な静寂をもたらしていた。元明は微動だにせず、うっすらと洩れる外の光を見ていた。緑色とオレンジ色の細い光が窓に反射していた。

ジェンタは今頃どうしているだろう。早く気がつけばいいのに。身分証まで置いていくなんて、本当バカだな。元明は再び、眠りに落ちていった。

朝になって、元明は痛くなった手足を伸ばした。椅子に座ったまま寝たので、身体中が硬くなった。顔を洗って鏡を見ると、血の気が引いた青白い顔がそこにあった。こんな顔をジェンタに見せる訳にはいかない。ミネラルウォーターを飲んで、昨日の残りのパンを食べる。しかし外へ出る気にはなれなかった。少しでもここから離れた隙に、帰って来るかもしれなかった。

ほとんどの時間を木のテーブルの上で過ごした。初めてジェンタの家に来たことを思い出した。風邪を引いていて、紅い顔をしていたジェンタ。大人しく、元明の買ってきた粥を食べるジェンタ。

元明は自分の手を見つめた。指を舐められたことを思い出すと、指先が痺れる。胸の奥が痛いくらいに締めつけられた。ジェンタに早く会いたかった。

何日くらいたっただろうか。元明もずっと外へ出ず閉じ籠もっているので、今日が何日の何曜日かなんて、分からなくなっていた。

ある晩、まどろんでいると、ひどく悲しい気持ちになった。ジェンタという男なんて、初めからいなかったのではないか。自分が父親をほしいと思ったあまりに、自分で作り出した架空の人だったのではないか。

元明ははっきりしない視界の中で、ジェンタの身分証を探した。手でそれをしっかり掴むと、大きく息を吐いた。

「元明」

誰かが名前を呼んだようだった。目の前に誰かが座っている。暗いのでよく見えないが元明にはすぐ分かった。返事もせずに、抱きついた。

「ジェンタ、どうして、僕の前から消えようとするんだ」

泣きながら、夢中で言った。

「もうどこにも行かないで」

ジェンタは優しく髪を撫でてくれた。心地いいあの香りに包まれていた。

「元明、俺も会いたかったよ。こんなに痩せ細って。ずっと、ここで俺の帰りを待っていたのか？」

元明は頷いた。

「早く家へ戻った方がいい。淑怡が心配してるぞ」

元明は首を振った。

「いやだ。そしたらジェンタ、またどこかへ行くつもりだろう？」

「行かないよ。君の傍にいるから」

ジェンタはそう言ったが、信用出来なかった。

「嘘だ！　身分証とパスポート、忘れたのを取りに来ただけに決まってる」

ジェンタはそれには答えず、優しく髪を撫で続けていた。あまりの気持ち良さに眠気が元明を襲ってきた。

「元明、ずっと傍にいるから。安心してお眠り」

「いやだ、眠ったりなんかしたら、ジェンタは絶対僕を置いて行く」

「君が信じてくれたら、本当に君の傍にいるから」

ジェンタの声を耳にしながらも、意識が遠のくのを元明は抗うことが出来なかった。

朝になって、元明《ユンメン》は飛び起きて周りを見渡した。テーブルの上には香水だけだった。

「ジェンタ！」

何度呼んでも返事はなかった。バスルームにもベッドルームにもどこにもいなかった。

「嘘つき！　やっぱり黙って消えたじゃないか！」

元明は喚きながらリビングに戻って来た。木のテーブルの下に、パスポートと身分証が落ちているのを見つけた。元明はそれを拾うと、テーブルの上に置いた。椅子に掛けておいたジェンタのシャツも、くしゃくしゃになって、椅子の向こう側に落ちていた。シャツを拾うと、昨夜のジェンタの匂いがした。

――パスポートと身分証を置いて行くはずがない。

元明は震えながら考えた。買物に行ったのだ。食べるものも、ジェンタの好きなアルコールもないから、きっとそうに違いないと思った。気持ちがようやく落ち着いて、ジェンタが帰ってくる前にシャワーを浴びることにした。久しぶりだったので頭の天辺から足の爪先まで丁寧に洗った。湯温調節がきかなくて冷たかったが、逆に清々しい気分だった。バスタオルを借りて、身体を拭いた。クローゼットからジェンタのシャツも借りた。白のシャツである。Gパンも、適当なものを選んだ。はいてみると、ウエストも緩いが、丈も長くて、裾を踏んで転びそうになった。足首のところで折り曲げて、なんとかはいた。白のシャツを着ると、袖も長かった。左の下の方が破れていたが、気にしなかった。ジェンタの服を着てみると、自分がジェンタになった気分だった。元明は、早く帰って来ないかなと思った。ジェンタの服を勝手に出して着ていたら、どんな顔するだろう。ものすごく怒るかもしれない。だが、ジェンタに怒られるのも悪くない気がした。

眠くなったので、ジェンタのベッドを借りることにした。ここに来てから、初めてベッドを使う。考えてみれば、このベッドは今までも、一回も使ったことがなかった。青いカバーをめくり、布団に潜り込んだ。柔らかな湿気と重みが元明を取り巻いた。ジェンタに抱かれているようで、安心して眠った。

キッチンの方で物音がしていた。元明《ユンメン》は起きようとしたが、身体が動かせなかった。ジェンタを呼ぼうとして叫んだ。だが、声が出ていなかった。何かを作っている音が、こちらまで流れてくる。ジェンタが帰って来ていた。元明は、ベッドからどうにか起き上がれないか暴れた。しかし、もがけばもがくほど、ベッドに沈んでいくようだった。

心の中でジェンタの名前を連呼していた。ジェンタはそんな元明のことなど知る由もなく、歌まで歌って、楽しそうに食事の支度をしているようだった。時々笑い声まで聞こえた。元明は諦めて、ジェンタが起こしに来るのを待つことにした。

「さあ、おいしそうだ」

ようやく、出来たのかジェンタの声が聞こえた。こっちへ近づく足音が聞こえた。早く早く！　心の中で元明はジェンタを呼んだ。

「元明、いつまで寝てるんだ。飯出来たぞ」

ジェンタがベッドの前で言った。

元明は飛び起きた。急に勢いよく起き上がったからか、心臓がびっくりしたように跳ねていた。ジェンタは食事の用意をするためキッチンに戻ったのか、いなかった。何故かひどく疲れて頭が割れそうに痛かった。なんとかキッチンに辿り着いたが、ジェンタはいなかった。リビングにもいなかった。食事の用意もなかった。元明は訳が分からず、しばらく茫然としていた。

玄関のベルが鳴った。今度こそジェンタに違いない。元明は我に返った。走って、鉄扉を開け、ドアを開けた。

「阿明」

立っているのは淑怡《ソッイー》だった。元明を上から下まで見ると、疲れの刻まれた化粧をしていない顔を歪ませて泣いた。髪には白髪も混じっていた。元明は、淑怡の変わり果てた姿に驚いた。

「どうしたの、ママ」

「やっぱりここにいたのね。さあ、もう帰りましょう」

泣きながらもやっとのことでそれだけ言うと、淑怡は元明の手を引っ張って連れて帰ろうとした。

「待ってよ。ジェンタがもうすぐ帰って来るんだよ」

「いいから、帰るのよ」

淑怡は手を放さなかった。

「いやだ！　ジェンタが帰るまで僕は帰らない」

淑怡の手が元明の頰を打った。

「何言ってるの。これ以上心配かけないでちょうだい」

淑怡は激しく言い放った。

「いくら待っても帰って来ないわ。もう彼のことは忘れなさい」

「なんでそんなひどいこと言うのさ！　ジェンタは香港を出るって言ったけど、パスポートも身分証も置いていってるんだ。だから、香港を出る気は最初からなかったんだ。待っていれば必ず帰って来るよ」

淑怡は唇を噛んで、肩を震わせた。

「パスポートも身分証も置いて、こんな何日もどこへ行くというの」

元明は、何度かジェンタが帰って来たことを話した。淑怡は聞いている間、たまらず声を上げて泣いた。そして元明を強く抱きしめた。淑怡はバッグから新聞の切り抜きを取り出して、元明に見せた。

活字を何度目で追っても、内容がスムーズに頭の中に入ってこなかった。写真が表している画的な現実もよく分からなかった。


元明は涙がとめどもなく溢れて、何も理解していないのに、どうしようもなく悲しかった。この写真の人は本当にジェンタなのか。身体が石みたいに固まって、動けなかった。大声であー、あー、あー、と叫んだ。涙と汗にまみれて、世界は止まった。

もうだめだと思った時、左手は淑怡が、右手はいつのまにかジェンタが、しっかりと繋いで元明を前に進ませた。元明が何か話しかけようとすると、ジェンタは何も言わず笑顔を向けた。元明の不安を全て取り去ってくれる完璧な笑みだった。

元明はジェンタの匂いと温もりを思い出した。自分はジェンタに包まれている。ジェンタが近くにいるのを感じると、安心して歩いていけた。元明は淑怡に、ジェンタはここにいるよと静かに言った。淑怡は元明を抱き寄せて、ゆっくり歩いた。

著者プロフィール
火ノ川 蓮（ひのかわ れん）

大阪出身。高校卒業後、デザイン専門学校に学び、デザイン事務所、求人雑誌出版社勤務を経て、香港に住む。帰国後、写真の現像所に勤めるかたわら、創作に励む。

ジェンタ

2001年12月15日　初版第１刷発行

著　者　火ノ川 蓮
発行者　瓜谷 綱延
発行所　株式会社 文芸社
〒112-0004　東京都文京区後楽2-23-12
電話　03-3814-1177（代表）
03-3814-2455（営業）
振替　00190-8-728265

印刷所　株式会社 フクイン

ISBN4-8355-2955-3 C0093